Virallisten ystävien kirja

Kiitos Lappeenrannan pääkirjaston

palvelujohtajalle, Päivi Oikkoselle.

Pilvi Valtonen

&

Pilvin Kirjoittajaklubi

Virallisten ystävien kirja

Toimitus: Pilvi Valtonen

Takakannen kuva: Pilvi Valtonen

Teksti: Pilvi Valtonen ja Pilvin Kirjoittajaklubi

Jenna Heimala, Saana Holopainen, Oona Junnonen,

Milla Järvenpää, Saara Räisänen, Meri Sinkko,

Emilia Tikka ja Sylvi Tuovinen

© Pilvi Valtonen ja Pilvin Kirjoittajaklubi 2020

Kustantaja: BoD - Books on Demand GmbH, Helsinki, Suomi

Valmistaja: BoD - Books on Demand GmbH, Norderstedt, Saksa

ISBN: 978-952-80-2063-9

Hei!

Nimeni on Pilvi Valtonen, eli Alli von Penvit.

Olen 43-vuotias. Olen hirmuisen kiltti, mutta temperamenttinen ja omapäinen.

Nurinkurinhenkilöni Ivlip on pitkä ja lapseton huippuuimari, joka rakastaa kauhuleffoja, eikä koskaan laula autossa.

En ole ikinä haaveillut olevani supersankari. Jos olisin, olisin varmasti Neiti BonVoyage. Minulla olisi vaaleanpunavalkea Klainari-minibussi (joka toimisi luomubensalla) ja matkustelisin sillä ympäri maailmaa tekemässä kaikista ihmisistä kilttejä.

Keväällä 2018 sain idean nuorten kirjoittajaklubista. Kerroin siitä Lappeenrannan pääkirjaston palvelujohtajalle, Päivi Oikkoselle. Hän innostui ajatuksesta ja niinpä tammikuussa 2019 istuin kirjaston kokoustilassa Kirjoittajaklubin ohjaajan ominaisuudessa vakuuttuneena siitä, ettei sinne ketään tulisi. Olin väärässä.

Ryhmän koko vakiintui kahdeksaan kirjoittajaan. He kaikki ovat ihania ja lahjakkaita. Luonteiltaan erilaisia, kirjoittajina tasa-arvoisia. He ovat myös hyvin rohkeita. Ja jostain selittämättömästä syystä he ovat kiinnostuneita porkkanaseeprayksisarvisista.

Nimeni on Sylvi Tuovinen eli Vinny-Suvi Tole.

Olen 11-vuotias. Olen iloinen, humoristinen ja osaava, itsepäinen mutta silti avulias.

Nurinkurinhenkilöni Ivlys on myös 11-vuotias. Hänen perheeseensä kuuluvat äiti, isä, isän uusi naisystävä, isosisko sekä kaksi kissaa, Taguon ja Onia. Hänen vanhempansa ovat eronneet: isä asuu omakotitalossa uuden naisystävänsä ja tämän kissojen kanssa, äiti kerrostalossa yksinään. Ivlys pitää kissoista. Ne ovat paljon mukavampia kuin koirat. Ivlys inhoaa myös hevosia. Ne haisevat. Koulussa Ivlys on surkea melkein kaikessa paitsi liikunnassa. Kirjoittaminen, lukeminen ja käsityöt ovat kaikkein heikoimpia aineita, eikä Ivlys pidä niistä yhtään. Matikassa hän sen sijaan on melkeinpä hyvä.

Vapaa-ajallaan Ivlys harrastaa karatea ja judoa. Hänellä on treenit kaikkina muina päivinä paitsi torstaina ja perjantaina. Ivlys on melko lihava. Hän inhoaa kalaa. Ivlyksen lempiruokia ovat kaalilaatikko ja pinaattikeitto.

Supersankarina olen Tohtori Turpakarva. Minulla on ruskea polkkatukka ja pitkä, valkoinen lääkärintakki; olen tosielämän supersankari, eläinlääkäri.

Apulaiseni on professori Antura, joka on koiriin ja hevosiin erikoistunut eläinlääkäri. Tehtäväni on parantaa kaikki klinikalle tuotavat hevoset; kaiken kokoiset, näköiset ja vaivaiset. Pahin viholliseni on Vuohismurtuma. Vuohisensa murtanut hevonen joudutaan melkein poikkeuksetta lopettamaan.

Useimmiten minä, Tohtori Turpakarva, saan potilaani kuitenkin parannettua. Sillon hevosen omistaja kiittelee minua ylenpalttisesti. Mutta minä vain hymyilen hiljaa – parannanhan monia hevosia viikossa. Minulle ei mikään ole suurempi ilo kuin nähdä parannetun hevosen laukkaavan laitumella tai voittavan seuraavat kilpailunsa!

Nimeni on Emilia Tikka eli Tia Lia Mekki.

Olen 14-vuotias. Olen ystävällinen, hauska, luova ja unelmoiva.

Nurinkurinhenkilöni Ailime on totinen ja itsekäs, sekä tylsä ja töykeä. Hän ajattelee ensin itseään, eikä siedä vitsailua. Hän ei omista huumorintajua, vaan ottaa asiat joka kerta tosissaan.

Sarjakuvahenkilönä olen Super-E. Minulla on suuri, pinkki glitter-viitta, jonka kanssa voin lentää. Olen extramuodikas. Päämääräni on estää kaikki epämuodikkaat teot. Apurinani toimii kömpelö, mutta kaunis lintu. Viholliseni on ruma Kalle.

Nimeni on Saana Holopainen eli Napolo Naashen.

Olen 10-vuotias. Olen laiska ja iloinen.

Nurinkurinhenkilöni Anaas nousee heti herätyskellon soidessa. Hän on aina ensimmäisenä koulun pihassa. Ei ole lainkaan Anaasin tapaista unohtaa asioita. Hän käyttää rahansa aina heti ja on ilkeä muille. Onhan tyttö myös siistein, järkevin ja ahkerin ihminen maailmassa. Hän rakastaa sokeritoukkia, marinoituja kikherneitä ja raaka porkkana menee paremmin kuin hyvin.

Supersankarina olen positiivinen, sosiaalinen, suomalainen perustyttö. Pidän kaikesta ruoasta (paitsi vihreästä). Olen usein kavereiden kanssa ulkona tai sohvanpohjalla makailemassa. Mutta sään salliessa tapahtuu jotain kummallista! Jos olen juuri ollut sohvalla syömässä sipsejä sateella ja sade loppuu, teleporttaan automaattisesti Myllysaaren kiipeily- ja parkourtelineisiin. Supervoimani on superliikkuvuus, jonka avulla vahdin ruutuajan pituutta ja kerron, kuinka hyväksi on hoitaa makunystyröitä.

Nimeni on Jenna Heimala eli Janne Ihme Ala.

Olen 12-vuotias. Olen nälkäinen ja väsynyt. Olen taitava möhlimään asioissa (ja ehkä vähän jossain muussakin). Olen myös erittäin kilpikonnamainen.

Nurinkurinhenkilöni on Annej. Hän on virkeä ja nopea. Hän on taitava melkein kaikessa ja ehdottomasti maailman sosiaalisin elävä asia.

Supersankarina olen Sairaan Nopee. Olen vihreä ja vatsani on vaaleanvihreä. Minulla on upea, punainen viitta ja punainen huivi. Apurini on pieni, punainen Muumitikkari. Se ei kuole, vaikka syön sitä. Erikoistaitoni on syödä 100 hampurilaista minuutissa. Vihollisiani ovat kilpikonnia vihaavat ihmiset. Tehtäväni onkin pelastaa koko kilpikonna- ja ihmiskunta.

Nimeni on Milla Järvenpää eli Jälli Vam Pärvenä.

Olen 14-vuotias. Olen nopea, innokas ja vauhdikas.

Nurinkurinhenkilöni on Allim. Hän on todella ilkeä, töykeä ja epäsiisti. Kaikki on hänen mielestään tylsää. Allim on aina hitaana paikalla.

Supersankarina olen Pallosulka. Minulla on hieno, keltainen viitta. Lisäksi minulla on valkoinen kypärä, joka on niin syvällä päässäni, ettei kasvojani näy ollenkaan. Tavoitteeni on sinko, eli erikoinen liitovaihe, jossa ihmisapurini yrittävät auttaa minua onnistumaan. Tässä touhussa ei ole vihollisia.

Nimeni on Meri Sinkko eli Erin M. Sokki.

Olen 13-vuotias. Olen outo, hauska, nolo ja (usein) väsynyt. Olen musikaalinen sekä haaveileva ja pidän vesinokkaeläimistä.

Nurinkurinhenkilöni Irem on vanha. Hän on "kovis", joka tykkää koulusta, mutta inhoaa lukemista ja kirjoittamista. Hän ei tykkää tanssimisesta ja suorastaan vihaa vesinokkaeläimiä.

Supersankarina olen El Merinokkaeläin. Olen muuten ihmisen muodossa, mutta minulla on merinokkaeläimen nokka ja pyrstö. Pystyn lentämään pyrstöä heilauttamalla. Osaan myös kävellä veden päällä. Minulla on ruskea asu ja vaaleansininen viitta. Tukkani on aina ponnarilla.

Viholliseni on villisika, jonka nimi on Mestari Metvursti. Päämääräni on pysäyttää ilkeä Mestari Metvursti, sillä hän kidnappaa hevosia. Apurinani toimii mr. Majavava.

Nimeni on Saara Räisänen eli Araas Nenäsiär.

Olen 12-vuotias. Olen äänekäs, luova, hauska, tunteellinen ja vasenkätinen.

Nurinkurinhenkilöni A-R-A-A-S taas on tunteeton tosikko. Hän ei pidä lentopallosta tai piirtämisestä, mutta rakastaa ruotsia.

Supersankarina olen XO. Olen 180 cm pitkä ja minulla on tummat, lyhyet hiukset. Käytän hameita sekä shortseja. Olen heikkona animeen. Päätehtäväni onkin pakottaa anime-sarjojen piirtäjät piirtämään sarjoihin shippeja. Toinen tehtäväni on löytää poikaystävä. Siinä apurinani toimii Amor. Erikoiskykyni on se, että osaan teleportata. Sormia napsauttamalla osaan taikoa ihan mitä vain!

Nimeni on Oona Junnonen eli Anoo en Junnon.

Olen 13-vuotias. Olen hyvin väsynyt ja outo ihminen, joka tykkää erityisen paljon musiikista ja kirjoittamisesta. Olen myös erittäin koukussa sovellukseen Wattpad.

Nurinkurinhenkilöni Anoo on ylioptimistinen, energinen urheilija, joka vihaa musiikkia, eri kieliä, lukemista ja kirjoittamista. Hän on ekstrovertti ja pukeutuu värikkäisiin vaatteisiin. Anoo myös inhoaa
5 Seconds Of Summer:in Meet You There live-version kuuntelemista.

Supersankarina olen Aetii. Olen Saaran ja Merin a-äiti ja tehtäväni on pitää heidät hengissä. Apurini on
El a-mummo. Supervoimillani osaan lentää ja tehdä kotityöt aivan erityisen nopeasti. Viholliseni on adoptiolaitos.

Nämä kahdeksan ihanaa nuorta kertoivat kirjoittamisen olevan ajanviete, kivaa, pakokeino sekä toinen maailma. *Minä kerroin sen voivan olla myös työtä.*

Kevään aikana kokoonnuimme kymmenen kertaa. Teimme erilaisia kirjoitusharjoituksia anagrammeista jatkokertomukseen. Lisäksi keskustelimme paljon.

Moni ajattelee kirjoittamisen tarkoittavan vain näppäimistöllä naputtelua tai kynällä koukerointia. Se ei ole totta. Tekstin fyysinen tuottaminen on vain pieni osa kirjoittamista. Enimmäkseen se on ajattelua, suunnittelua ja tarkkailua. Siinä ovat kirjoittamisen kaksi eri puolta. Ja kummassakin on kyse sanoista.

Meidän lempisanojamme ovat äiti, tosirakkaus, onnellinen, kilpikonna, sammakko, ruoka, perhe, kaverit, universumi, tähtitiede, kala, unelma, haituva, suklaa ja uni.

"Tuletko kanssani unelmien universumiin, jossa on vain onnellisia perheitä? He syövät suklaata ja näkevät unta haituvista." "Tottakai! Mennään jo!"

Aina lempisanat eivät kuitenkaan ole sopivia, vaan teksti vaatii inhokkisanojen käyttämistä. Niitä meille ovat kaurapuuro, hernekeitto, piru, pallukka, yolo, imelä, kuolema ja karsea.

"Saisiko olla lautasellinen karsean imelää hernekeittoa? Sekaan on kätketty kaurapuuropallukka."
"Ööö... ei kiitos. Olen juuri syönyt."

Kirjoittajana tulee helposti toistettua samaa sanaa. Minä sanon, sinä sanot, hän sanoo. Mutta onko pakko aina sanoa?

Voisiko välillä lausua, kertoa, mumista, lausahtaa, huudahtaa, naurahtaa, henkäistä, kailottaa, selittää, kuiskata, karjaista, karjua, karjahtaa, kiljua, tokaista, äyskähtää, kysyä, puhua, jutella, tarinoida, takellella, änkyttää, turinoida, turista, tai vaikkapa sylkäistä sanat suusta?

Vaikka mielessä olisi valmiina kokonaisen romaanin ainekset, on teksti kuitenkin kirjoitettava aina sana kerrallaan. Kun tarinan luo siten, että mukana on monta kirjoittajaa, joista jokainen sanoo vuorollaan vain yhden sanan, on se yllättävän vaikeaa.

Pilvi, Jenna, Saana, Oona ja Meri:

Tänään oli jonkinmoinen päivä. Se alkoi kivasti, sillä mansikat lähtivät kasvamaan. Mansikoiden päästä tuli mätää ja sateenkaaria. Mansikat kasvoivat iloisena.

Niiden puutarhassa oli tilaa myös hamsterille, joka rakasti herneitä. Hamsteri päätti syödä afrikkalaisen kirahvin. Kirahvi kuitenkin söi aasialaisen tiikerin, mutta sitten kirahvi ompeli kaulahuivin hamsterille, joka ei tykännyt kaulahuiveista.

Hamsteri hermostui ja hän lähti Venäjälle metsästämään norsuja. Kirahvi huomasi, että mansikat eivät pitäneet herneistä, joten se antoi herneitä opossumeille. Opossumit heittelivät kirahvia sateenkaarilla. Kirahvi tuli iloiseksi, koska sateenkaaret lopettivat kimalluksen.

Mansikat olivat kapinallisia ja päättivät aloittaa pakomatkan. He seikkailivat, kunnes törmäsivät kirahviin. Kirahvi uhkasi syödä mansikat nopeasti ja kivuliaasti. Kirahvi irvisti mansikoille, jotka lähtivät juoksemaan paikoilleen.

Pian saapui kuitenkin hamsteri olallaan norsu, mutta se vahingossa tippui. Hamsterin silmälasit menivät rikki. Silloin hamsteri oli norsun vihollinen ja norsu sanoi: "Minä syön teidät kaikki!"

Hieman helpompaa hommasta tulee, jos edetään virke kerrallaan. Ei siis helppoa, vain hieman helpompaa...

Pilvi, Milla, Emilia, Jenna, Saana, Sylvi, Saara, Meri ja Oona:

Olipa kerran suloinen jättiläinen. Eräänä päivänä hän käveli koulusta kotiin. Silloin hän näki toisen jättiläisen.

Jättiläinen oli tosi pieni. Tämä jättiläinen tykkäsi myös syödä pikaruokaa. Jättiläinen oli vain sadan metrin korkuinen. Vastaan käveli porkkanaseeprayksisarvinen. Se oli hyvin kaunis ja sillä oli suuret siivet. Sen suurilla siivillä se lensi pois.

Jättiläiset pyöräilivät pikaruokapaikkaan. Ruokaa syödessään he tulivat toisiin ajatuksiin ja ajattelivat ilahduttaa porkkanaseeprayksisarvista. He päättivät ostaa sille avokadoja ja kukkia. Porkkanaseeprayksisarvinen rakasti avokadoja. Tai niin hän luuli, kunnes oksensi avokadot pois.

Jättiläiset olivat syöneet koko pikaruokalan tyhjäksi. Silti he olivat vielä nälkäisiä ja lähtivät ostamaan suklaata. He ostivat itselleen kymmenen Geisha-rasiaa.

Sen jälkeen he pyöräilivät puistoon. Silloin alkoi sataa. Jättiläisillä ei ollut sateenvarjoa eikä lähellä ollut mitään suojapaikkaa. He kastuivat. Sen jälkeen jättiläisillä oli kylmä. Jättiläisistä alkoi kasvaa vihreää sammalta. Jättiläiset muuttuivat kivipatsaiksi.

Porkkanaseeprayksisarvinen lensi puistoon ja näki kivipatsasjättiläiset. Hän päätti auttaa jättiläisiä ja hönkäisi porkkanahengitystään heidän päälleen, jolloin he eivät enää olleet kivipatsaita. Jättiläiset kiittivät porkkanaseeprayksisarvista ja ostivat sille lisää avokadoja.

Avain näihin seikkailuihin oli nuorten loistava mielikuvitus. Se ei ole kirjoittajalle välttämätön ominaisuus, mutta paljon iloa siitä on.

Kynäni oli kirjoittajien mielestä:

Monsterikarkotinpinkitin. Jos monsteri on lähellä, väri tummenee paperilla.

Kastemadolle tarkoitettu räjähtämätön suojatorpedo. Se on madon värinen ja koristeltu hopeisin kuvioin. Se suojaa matoa. Jos sukellusvene uppoaa, mato voi pelastautua sillä.

Avattava vaaleanpunainen suklaapatukka, joka ei maistu

suklaalta ja jättää kieleen pinkin jäljen.

Vaaleanpunainen alien-paljastaja. Epäiltyä osoitetaan korkkipäällä. Jos epäilty on alien tai avaruusolio, vastakkainen pää alkaa vilkkua punaisena.

Ja minä olin kuvitellut sen olevan vain aivan tavallinen, joskin kovin kaunis mustekynä. Sanoinhan, että he ovat lahjakkaita!

Termospulloni he väittivät olevan:

Porkkanaseeprayksisarvisen porkkananlämmityspullo.

Partiolaisen monitoimityökalu, jolla voi leireillä esim. herättää kaverin kipinävuoroon tai sitten nukuttaa nopeasti.

Keijun pierun säilytyspullo, jossa on lämmitys. Siinä voi

myös säilyttää leppäkerttuja, mutta sitä ennen se pitää pestä.

Vaaleanpunainen termospullo, joka vaihtaa pimeällä väriä, koska nallekarkeilla on bileet sen sisällä.

He todella pitävät porkkanaseeprayksisarvisista. Ja minä todella pidän vaaleanpunaisesta.

Välillä tuntuu vaikealta keksiä kirjoittamisen aiheita. Silloin voi vaikka työntää kädet taskuihin ja tutkia, josko sieltä löytyisi jotakin mielenkiintoista.

Saara:

Se kätkee sisäänsä kaikki salaisuuteni. Sen sisältä löytyy tietoa, valhetta, yksityisiä asioita. Se näyttää viattomalta, mutta sitä se ei tosiaan ole. Se on joillekin käden jatke, välttämätön esine. Se voi vangita tuntikausiksi vain jonnekin nurkkaan. Se voi satuttaa ja se voi myös tyydyttää. Nykypäivän nuoriso on riippuvainen tästä välttämättömästä esineestä, puhelimesta.

Eräällä kerralla kokoustilan pöydältä löytyi pyyhekumi. Se oli valkoinen, osittain jo kulunut ja harmaantunut. Siitähän täytyi tietenkin kirjoittaa!

Oona:

Se tuli, se meni, lähti aina uudestaan. Jokainen kylässä tunsi legendan, tuon valkoisen liikkujan. Liikkui nimellä Tuntematon kumi, tuntemattomana maailmalla. Ei ollut paikkaa jäädä, joka aamu täytyi lähteä. Loputonta ympyrää kiersi. Oliko ketään, joka totuuden tiesi? Miksi kumi pysyi tuntemattomana, vaikka voisi olla kuuluisa?

Milla:

Kukaan ei tiedä, kenen se on.
Makaa yksin jossain, se on onneton.
Tuntematon kumi.
Tänä syksynä ensimmäisen kerran:
Tuntematon kumi, jännittävä thrilleri ja tositarina.

Jenna:

Pieni pyyhekumi valkoinen,
pieni, yksinäinen.
Yksin pöydän nurkassa,
varjossa, hiljaisuudessa.
Aika kuluu,
minuutit vierii.
Pian joku juoksee huoneeseen,
nappaa pyyhekumin
ja lähtee huoneesta.
Pyyhekumi löysi omistajansa.

Saara:

Se eksyi keskuuteemme.

Istui vain siinä ja katsoi maailmaa.

Aina joku nappasi sen mukaansa.

Piti siitä huolta, mutta käytti sitä myös hyväkseen.

Päivä päivältä se vain pieneni ja jonain päivänä

sitä ei enää olisi.

Saana:

Se odotti meitä.

Se odotti puhetta,

se odotti naurua.

Se tiesi olevansa pieni merkitys,

mutta tiesi olevansa suuri apu.

Tuntematon kumi taas elokuvateattereissa.

Varaudu! Pieni iskee!

Minulla on kaulakoru, jonka pelastin edesmenneen isotätini tavaroista. En tiedä, kuinka koru oli hänelle päätynyt. Ehkä se oli matkamuisto, ehkä nimipäivälahja, ehkä...

Jenna:

Kaulakoru on mörön karkotin. Se ripustetaan huoneen kattoon. Se hohtaa pimeässä ja karkottaa möröt väreillään sekä hohtavalla materiaalilla.

Milla:

Viimeinen muistoni hänestä.
Viime viikolla.
Viimeisenä tietenkin.
Viimeiseksi sain sen
riipuksen.

Olipa kerran Tilkki-niminen suutari. Suutari teki kengät mummolle, takin papalle ja taljan nahasta lapselle. Suutari oli Bomholmin paras suutari. Itämeren läheisellä saarella oli myös kalastajia, laivamiehiä ja torikauppiaita. Jokainen oli oman alansa ammattilainen ja osaava tekijä. Jokainen teki hyvää tuottoa.

Eräänä päivänä Tilkki teki itselleen nahkaisen takin. Takki oli lämmin ja siinä oli villavuoret. Tilkkipä päätti laittaa takin ulos kylmään, että takki olisi raikas ja puhdas aamulla. Kun Tilkki lähti aamulla hakemaan takkia, se oli kuin lumessa pesty. Lumipeite oli valkaissut maan, puhdistanut puut ja pakkasta kiristänyt. Aamu oli valkoinen ja todellakin raikas. Tilkki haki takin ja katsoi tarkkaan. Hän näkin jotain, jotain kimaltavaa. Aurinko heijasti kuin timantti taivaalta.

Se oli jonkinlainen riipus. Se näytti hopeakorulta. Tilkki pyyhkäisi lumet korusta ja katsoi sitä. Hän kietoi kätensä sen ympäri ja tuijotti sitä kuin kultaa, kuin suurinta kasaa timantteja. ”Löysin sen!”

Takki oli lumottu. Koru oli ollut Tilkin isovaarin lumousriipus, jolla oli vaikutus. Sen saaja olisi onnekas koko loppuelämän. Nyt se oli takissa, joten takki toi onnea sen kantajalle. Koru tippuu kerran 50 vuoteen ja juuri hän sai sen! Koru tippuu portaalista, joka muodostuu kylmässä lämpimään sydämeen.

Tilkki antoi korun pojanpojalleen kuolinvuoteella ja sanoi: "Tiputa koru kaivoon ja pidä se mielessä. Säilytä turvassa sydämessäsi ja kun olet vanha, se tippuu ihmiselle, jonka muistat aina." Tilkin kuollessa pojanpoika tiputti korun kaivoon hautausmaalla. Sitä ennen hän luki: karu maa, lämmin mieli, sen korun saaja tiesi.

Saara:

Puristin koruani ja pidätin hengitystäni. Tunsin neliapilan muodot ja hopean timantin korusta sormieni välissä. Kuulin miehen huudon: "Etsikää nyt se poika!"

Tällä kertaa en antaisi kenenkään viedä minua. Viimeksi minut oltiin viety kotikaupungistani Lontoosta ja tuotu tänne Edinburghiin kouluun. En tajua vieläkään, miksei sitä hyväksytty, että olin poika ja pidin pojista. Minut oltiin napattu kaveriporukastani ja tainnutettu. Kun heräsin olin sängyllä ja nainen vieressäni sanoi: "Ei mitään hätää. Me parannamme sinut täällä ja teemme sinusta normaalin." Olin nyt ollut täällä noin kaksi vuotta, enkä ollut vieläkään muka parantunut ja nyt minua tultiin taas hakemaan.

Mutta minä viihdyin. Olin saanut ystäviä ja kaikki oli ihan hyvin. Mutta minulle väitettiin, että jokin demoni oli riivannut minut ja he yrittivät puhdistaa minut. Minut jopa laitettiin suutelemaan tyttöjä ja nukkumaan heidän kanssaan. Mutta minä tiesin, että ne tytöt olivat yhtä lailla erilaisia kuin minä. Ja kun se ei toiminut, minulle sanottiin, että minut haettaisiin toiseen kouluun ja että minun pitäisi luopua korustani.

Korusta minä en luopuisi. Olin saanut sen isältäni ennen kuin hän kuoli auto-onnettomuudessa. Useat sanoivat, että on aika homoa antaa pojalle koru ja vielä homompaa kantaa sellaista, mutta minä en välittänyt. Olin ollut pitkään jo ihastunut poikaan, joka oli myös tässä koulussa.

Hänkin piti pojista. Ihastunut poikaan, joka oli koko ajan ollut kanssani piilossa tässä kaapissa. Meidät oli äkätty pussailemasta ja se tietää rangaistusta, jopa ehkä kuolemaa. Ja enempää ajattelematta suutelin vielä kerran tuota poikaa. Sanoin: "Oli ihana elää", ja sitten astuin kaapista ulos.

Kaikki tuijottivat minua ja ennen kuin he ottivat minut kiinni, huusin: "Minä olen homo ja ihan helkutin ylpeä siitä!" Sitten kaikki pimeni.

Emilia:

Katselin isoäidin korua. Hän oli jättänyt sen äidilleni, mutta äidin lähdettyä Islantiin olin saanut sen itselleni. Koru oli lojunut pöydällä monta päivää. En minä käyttänyt sitä, ei minulla muutenkaan ollut tapana käyttää koruja. Nyt kuitenkin pujotin sen kaulaani. Olihan se kaunis, totta kai, mutta en pitänyt siitä, kun se oli kaulassani. Se tuntui ikävältä ja varmaan aiheuttaisi minulle ihottumaa. Annoin sen kuitenkin olla kaulassani.

Olin jo aiemmin valinnut itselleni vaatteet, tummat teemaan sopivasti. Hiukset minä vielä harjaisin suoriksi. Ennen lähtöä vilkaisin itseäni eteisen peilistä. Punaiset hiukseni laskeutuivat hieman alle olkapäideni. Vihreät silmät näyttivät vieläkin hiukan surullisilta, vaikka siitä oli kulunutkin jo ainakin viikko. Isoäidin koru oli kaulassani. Avasin pienen vuokra-asuntoni oven ja suuntasin rappuun. Pari kerrosta alaspäin ja oikealle, ovesta ulos.

Ulkona oli kylmä. Kaduin heti ulos astuttuani, etten ollut syksyllä ostanut itselleni talvitakkia. Nyt ne olivat kaikista kaupoista jo loppu. Ehkä minä odottaisin alennusmyyntejä, ehkä pärjäisin syystakilla koko talven. Ei kotoa tullut poistuttua niin usein, että kärsisin kylmästä joka päivä. Vaikka yksiön lämmitys olikin välillä aika huono ja päädyin kylmissäni kääriytymään vilttiin kuuman teen kanssa.

Muutaman minuutin päästä saavuin bussipysäkille. Siitä aioin ottaa bussimatkan keskustaan. Sieltä kymmenen minuutin kävely kirkolle. Siellä ne hautajaiset pidettiin, isoäidin hautajaiset.

Astuin bussiin ja maksoin matkan. Kolme euroa siihen

taas kului. Ehkä pitäisi ostaa bussikortti, tulee kuitenkin niin paljon bussilla kuljettua.

Bussin saavuttua keskustaan, minä - kuten lähes kaikki muut matkustajat - hyppäsin kyydistä. Kävelin kirkolle melkein sen arvioimani kymmenen minuuttia. Paikalla oli jo muutama ihminen, vaikka tapahtuman alkuun oli vielä ainakin 15 minuuttia.

Hautajaiset ovat aina surullinen tapahtuma. Ainakin kun kyse on läheisen isoäidin hautajaisista. Hautajaiset määritellään usein juhliksi, mutta minulle ne ovat vain tapahtuma. Juhlat on tarkoitettu iloiselle mielelle, juhlimiselle.

Sylvi:

Seison lammen rannalla. Tuijotan mustaan veteen. Tuuli humisee puissa, kertoo kaipuunsa. Vielä äsken olit siinä. Seisoit vierelläni vahvana, murtumattomana.

Kaipuu valtaa mielen. Riipus roikkuu kaulassani. Ainoa muistoni sinusta. Musta lumpeenlehti. Kertoo sinusta kaiken, eikä mitään.

Näen sinun kuvasi. Riipuksessa, helmessä. Missä olet nyt? Sinun silmäsi, niin viisaat, niin rohkeat. Kuulen vieläkin kynsiesi rapinan meidän soratiellämme. Tulit hakemaan minua. Sanoit: "Minä lähden nyt." Seurasin sinua. Harmaa turkkisi välkkyi auringossa. Kiipesit kielekkeelle, näytit niin uljaalta. Sitten nousit valon ympäröimänä.

Tiedän, että olet siellä. Katselet minua taivaskoirien joukossa. Riipus, jonka annoit minulle, puristan sitä nyrkissäni.

Muistan sinut aina. Rohkaise minua. Tue minua hädässä, niin tiedän että ikävöit minua. Sudelle.

Meri:

Kuuntelen kun opettaja antaa läksyjä ja odotan tunnin loppumista. Kello soi. Vihdoinkin! Survon kirjat reppuuni ja ryntään ovesta ulos. Tänään on tanssikilpailun finaali enkä voi myöhästyä.

Ajatuksissani törmään John Lakeen. John on rinnakkaisluokallani ja hän on maailmankaikkeuden ärsyttävin ihminen. "Minne matka?" hän kysyy. "Ei nyt", mumisen hampaitteni välistä. "Jaa, miksi ei?" hän tuijottaa minua. Mulkaisen häntä ja työnnän hänet pois tieltä. Lähden uudestaan juoksemaan ja puristan kaulassani olevaa kaulakorua. Äiti osti sen minulle, kun olin kuusi. Se on vähän niin kuin neliapila ja sen keskellä on kaunis timantti. Se on onnenkoruni.

Katson rannekelloani. Kymmentä yli kolme. Saavun kotiovelleni. Onneksi asun lähellä koulua. Sisälle päästyäni syön paahtoleivät ja vaihdan esiintymisvaatteet. Täytän juomapulloni ja laitan kengät jalkaan. Sitten lähden. Urheilutalo, missä tanssikisa pidetään on myöskin hyvin lähellä kotiani. Mutta minusta tuntuu kuin jotain puuttuisi. Hapuilen koruani. Voi ei! Se ei ole kaulassani.

Lähden juoksemaan takaisin päin, koska luulen että unohdin sen kotiin. Sisälle päästyäni etsin ihan joka paikasta, mutta en millään löydä sitä. Lähden takaisin ulos. Ehkä se on tippunut jonnekin. Etsin kotini edustalta. Ei mitään. "Hei Sapphire! Onko tämä kenties sinun?" joku huutaa. Voi ei! Ei, ei, ei! Se on John. Kohotan hitaasti katseeni maasta. Hänellä on jotain kädessään. Minun kaulakoruni! "Missä se oli?" kysyn. "Se oli tippunut koulun eteen. Onneksi juuri *minä* huomasin sen." Pyöräytän silmiäni ja ajattelen: "Pikemminkin epäonnekseni", mutta ääneen sanon: "Meinasitko antaa sen minulle?" John nyökkää ja ojentaa minulle korun. Olen jo lähdössä, kunnes mieleeni juolahtaa kysymys. "Mistä sinä muuten tiesit, missä minä asun?" "Ohm, siitä ei tarvitse puhua... Mutta uskoakseni sinulla oli kiire?" Nyökkään ja sanon: "Kiitos."

On hauskaa, kuinka erilaisia tekstejä samasta aiheesta voi kirjoittaa. Minkälainen tuo koruni sitten on? Se selviää takakannen kuvasta.

Yksi tarinan etenemisen kannalta olennainen asia on valita, kuka tarinan kertoo. Onko kertoja opettaja vai oppilas, potilas vai lääkäri, kissa vai sen omistaja. Kumpi kertoo retkestä leikkipuistoon, lapsi vai aikuinen?

Sylvi:

Minä olen äidin kanssa leikkipuistossa. Istun hiekkalaatikolla. Aion juuri rakentaa maailman isoimman hiekkalinnan, kun äiti päättää, että nyt mennään keinumaan.

Äiti antaa kovat vauhdit. Minusta keinuminen on tylsää. Haluaisin kiikkulaudalle siskon kanssa. Kiikku on puiston kivoin juttu, koska siinä pomppaa korkealle. Huudan "kiikku" monta kertaa, mutta äiti vain antaa lisää vauhtia.

Lopulta siirrymme liukumäkeen. Äiti ottaa minut kiinni alhaalla. Olen jo iso ja haluan laskea itse. Äiti väistää mäen sivuun katsomaan, kun lasken yksin. Muksahdan nenälleni maahan ja alan itkeä.

Äiti vie minut karuselliin. Hän antaa niin kovat vauhdit,

että pissaan housuuni. Alan jälleen itkeä. Niinpä äiti vie minut takaisin hiekkalaatikolle.

Laitan hiekkaa ämpäriin, ja rakennan hiekkalinnan. Joku kolmevuotias poika läimäyttää lapiollaan linnan tasaiseksi. Minä heitän hiekkaa hänen päälleen, jolloin hän lyö minua lapiolla. Se sattuu. Itken taas, jolloin äiti päättää, että on kotiinlähtöaika. Lähdemme kotiin, enkä saanut edes kiikkua!

Oliver istuu hiekkalaatikolla. Kurahousut ovat taas mudassa. Oliver kasaa hiekkaa housujen päälle, jolloin päätän, että on aika lähteä keinumaan.

Annan hiljaiset vauhdit. Oliver huutaa riemuissaan: "Kiikkuu, kiikkuu!" Keinutan vielä vähän aikaa, sitten lähdemme liukumäkeen.

Oliver laskee, minä odotan alhaalla ja otan häntä vastaan. Annan hänen koettaa kerran yksin, mutta hän tuiskahtaa nenälleen ja pillahtaa itkuun. Hyssyttelen vähän aikaa ja sitten vien hänet karuselliin. Itku loppuu, mutta nyt Oliver vain istuu hiljaa paikallaan. Sitten hän jatkaa itkua. Vien hänet takaisin hiekkalaatikolle. Itse istun penkille ja tarkastan kännykästäni viestit.

Oliver puuhailee jotain jonkun toisen pikkupojan kanssa. Kohta itku alkaa jälleen, taitaa olla päiväunivajetta. Paras lähteä kotiin.

Emilia:

Kun me tultiin isin kanssa puistoon, aloin heti laskea liukumäkeä alas uudestaan ja uudestaan. Isi sanoi, että mun pitäisi kokeilla tehdä muutakin, joten lopetin.

Me leikittiin isin kanssa hiekkalaatikolla. Isi rakensi hienon linnan, mutta mun linna oli kaikista hienoin. Sitten isi teki käpyotuksen. Se tuli linnaan. Sitten me leikittiin merirosvoja. Mä olin johtaja ja isin piti totella. Sitten isi sanoi, että pitää lähteä. En olisi tahtonut, koska oli kivaa. Me kuitenkin lähdettiin, koska äiti oli tehnyt ruokaa ja se jäähtyisi pian.

Tulimme Tanelin kanssa puistoon ja hän alkoi heti laskea liukumäkeä monta kertaa. Sanoin pojalle, että hänen pitäisi tehdä muutakin, kuin vain laskea liukumäkeä. Hän lopetti laskemisen ja menimme hiekkalaatikolle rakentamaan hiekkalinnoja. Kun Taneli oli saanut linnansa valmiiksi, väsäsin hänelle kävystä ja muutamasta tikusta käpylehmän.

Hetken päästä Taneli tahtoi leikkiä merirosvoja. Hän tahtoi olla johtaja, joten minun piti kuunnella hänen käskyjään. Pian kello tuli kuusi ja oli ruoka-aika. Tanelilla ei selvästi kuitenkaan ollut nälkä, sillä hän olisi tahtonut jäädä puistoon. Lopulta me lähdimme kotiin syömään.

Saana:

Voi vitsi! Siel oli sellane hilmu hieno laite. Äiti vähän pelkäs. Se laite pyöli ja meni tosi kovaa. Ja sit isi tuli mun kaa kaluselliin. Ja sit me lähettiin pois. Se oli tosi kivaa, koska siel oli semmone outo mies, joka myi mehuu. Se makso viiskytviis euloo. Huomen me mennää taas sinne kivaa paikkaa.

Ää...Okei... En olisi halunnut minäkään karuselliin mennä, ymmärrän äitiä. Onneksi saimme lapsemme Laran juomaan mehua edes hetkeksi. Mutta onhan Lara myös söpö.

Meri:

Juoksin kompastellen keinujen luo. "Isä, isä! Nosta minut!" huusin isälle innostuneena. Isä nosti minut keinuun nauraen ja alkoi työntää vauhtia. "Tylsää. Pois, pois!" Isä nosti minut keinusta pois ja juoksin hiekkalaatikolle. Tein isän kanssa hiekkakakkuja tooosi kauan. Sitten isä sanoi, että pitää lähteä, koska tulee pimeä. Ja niin me lähdimme.

Katsoin kun Meri juoksi keinujen luo. Lähdin perään, koska pelkäsin että hän kaatuu. Kun pääsin hänen luokseen, hän hihkui: "Isä, isä! Nosta minut!" Minä nauroin ja nostin hänet keinuun. Työnsin vauhtia, mutta en liikaa. "Tylsää, pois, pois!" Meri tuhahti söpösti. Nostin hänet varovasti pois keinusta. Meri säntäsi heti hiekkalaatikolle ja minä menin perään. Autoin Meriä tekemään hiekkakakkuja, kunnes Niina laittoi viestiä, että ruoka oli valmista. "Meri, meidän pitää lähteä koska alkaa tulla pimeä", sanoin Merille.

Saara:

"Isi, isi. Tule jo!" huudan. Liukumäki näyttää niin houkuttelevalta ja kiipeilytelinekin on niin jännän näköinen. Juoksen isin luokse, tarraan häntä kädestä ja vedän mukanani. Kiipeän portaita ylös ja silmäni pyöristyvät. "Vaau! Onpa korkea! Isi, otathan sinä minut kiinni?" Isi nyökkää ja hymyilee rohkaisevasti. Katsahdan mäkeä. "Näyttääpä houkuttelevalta", ajattelen ja istahdan alas.

Isi alkaa laskea: "Yksi, kaksi, kolme, nyt!" hän huutaa ja syöksyn huimaan vauhtiin. Tuntuu ihan kuin lentäisin. Yht'äkkiä olenkin jo isin vahvojen käsien ympäröimänä. "Se oli huisin hauskaa! Uudestaan!" Sätkin isin käsistä pois ja juoksen takaisin mäen päälle. "Ja nyt", sanon, "minä tulen vielä kovempaa vauhtia."

Saara juoksee keskelle leikkikenttää ja jää katselemaan ympärilleen. Hänestä oikein huokuu innostusta. Se nostattaa hymyn huulilleni.

Saara juoksee luokseni, tarraa kädestäni ja vetää minut liukumäen luokse. Hän kiipeää ylös ja jää katselemaan ympärilleen. "Isi, otathan sinä minut kiinni?" hän kysyy ja minä nyökkään. Hän tömähtää pehmeästi istumaan mäen päälle ja ottaa yläpuoleltaan kiinni kaiteesta, johon juuri ja juuri yltää. Se näyttää todella hassulta. "Yksi, kaksi, kolme, nyt!" huudan ja Saara työntää itselleen vauhtia ja kohta jo laskeekin syliini.

Hän huutaa haluavansa laskea uudelleen ja rypistelee otteestani irti. Hän juoksee takaisin liukumäen yläpäähän ja virnistää minulle. "Nyt lasken vieläkin kovempaa vauhtia!" hän uhoaa ja minä vain nyökkään ja virnistän takaisin.

Oona:

Luntaaaaa!!! Sellaisia pieniä juttuja tippui taivaalta. Äiti kutsui niitä lumihiutaleiksi. Maa oli jo peittynyt niistä ja jätti jälkeensä painaumia. Keinut olivat aivan vieressäni, joten käännyin niitä päin. Kaaduin lumeen. Se oli kylmää. Tutkiskelin hiutaleita hetken ennen kuin yritin nousta seisomaan. En onnistunut.

Oona käveli kasvot taivaaseen suunnattuna eteenpäin leikkipuiston pihaa pitkin. Lumi oli hänelle uusi asia. Se oli peittänyt jo maan. Oona kääntyi kohti kahta tyhjillään olevaa keinua. Juoksemista piti näköjään vielä harjoitella. Oona kaatui naama edeltä lumeen, tutkiskeli sitä hetken ja päätti nousta seisomaan. Ei onnistunut.

Kertojaa vaihtamalla voi kuvata kaksi eri näkökulmaa. Olisipa kiinnostavaa lukea myös näiden perheiden ruokailuista ja iltapesuista.

Kirjoittajan on aina myös valittava käyttääkö ulkopuolista hän-kertojaa, vai kertooko tarinan minä-muodossa, kokijan omasta näkökulmasta.

Milla:

Hän voi olla pieni, käppyräinen mummo, joka pitää huppua sekä mustaa kaapua.

Tunnen ihoni liian kuivaksi. Se on painunut silmieni kohdalla kasaan niin, että hädin tuskin näen.

Oona:

Hänellä on hieman suippo nenä, jossa on syylä. Selkä kumarassa hän kävelee kohti kaupan kassaa keräten outoja katseita eri puolilta kauppaa. Hänellä on tummat vaatteet ja pieni punainen kori. Siellä on muutamia omenoita. Hänellä on smaragdinvihreät silmät. Hiukset ovat hopeanharmaat. Enempää en näe, sillä hän poistuu kaupasta.

Minulla on hieman suippo nenä, jossa on syylä. Täällä kumarassa kävelen kohti kaupan kassaa keräten outoja katseita eri puolilta kauppaa. Minulla on tummat vaatteet ja pieni punainen kori, johon olen kerännyt omenoita. Omistan smaragdinvihreät silmät ja hopeanharmaat hiukset. Enempää eivät näe, sillä poistun kaupasta.

Jenna:

Näin nuoren, noin 14-vuotiaan tytön. Hänellä oli outo suippo hattu ja mustat kengät. Hänellä oli mukanaan musta kilpikonna. Hänen olallaan oli musta laukku, josta pilkotti puinen tikku. Hän vaikutti mukavalta, mutta hieman ujolta. Yht'äkkiä hän oli kadonnut.

Kävelin kadulla. Huomasin tytön, joka katsoi vähän oudosti mustaa kilpikonnaani, mustaa kaapuani, hattuani ja mustia kenkiäni. Päätin lähteä jatkamaan matkaani.

Saara:

Pormestari Pamppu saapui tänään koululullemme. Tai me oikeastaan nimitämme häntä herra Mäyräkoirapossuksi. Siltähän hän näyttääkin. Hän on erittäin leveä, mutta lyhyt. Hän myöskin näyttää ihan possulta. Noh, hän selitti sitten meille jotain kaupungistamme vikisevällä äänellään. Me kuutosluokkalaiset emme kuitenkaan hirveämmin välittäneet.

Kun saimme esittää kysymyksiä, joku kakkosluokkalainen kysyi, että miksi mies näyttää ihan mäyräkoirapossulta, mutta kuulostaa ihan itikalta. Koko koulu räjähti nauruun, jopa opettajat, ja kakkosluokkalainen oli ylpeä itsestään. Kuitenkin herra Mäyräkoirapossu värjääntyi kirkkaanpunaiseksi ja lähti paikalta. Sen jälkeen kouluumme ei olekaan saapunut vieraita.

Juoksen ulos koulurakennuksesta. Minua ei ole ennen nolattu tuolla tavalla, ajattelen. Tunnen hikipisaroiden nousevan otsalleni.

Pysähdyn autolleni ja vedän avaimet taskusta. Kamppailen avainten kanssa muutaman minuutin ennen kuin hyppään autoon ja ajan häpeissäni pois. "En astu enää ikinä tuohon rakennukseen!" huudan ja kiroan vähän.

Emilia:

Hän oli minun edessäni. Hän oli kummallisen näköinen. Oliko hän noita? Siltä hän ainakin näytti. Nirppanokka keskellä naamaa ja nenän päässä iso syylä. Päässä oli suuri, violetin värinen hattu, aivan kuin siinä elokuvassa, missä oli velhoja ja noitia. Päällään hänellä oli rikkinäinen, musta mekko. Kädessään hän piti taikasauvaa, josta pelkäsin lähtevän pian kipinöitä. Mitä jos hän taikoisi minut kuoliaaksi?

Katsoin ihmistä, joka seisoi edessäni. Hän näytti kummastelevan minua. Eikö hän ole ennen nähnyt noitaa? Taisi ihmetellä ulkonäköäni; noitamaista nenääni ja suurta violettia hattua, ylläni olevaa mustaa mekkoani ja kädessäni olevaa taikasauvaa, jolla voisin taikoa kenet tahansa kuoliaaksi.

Meri:

Kävelen kadulla kauppakassi kädessäni. Vähän matkan päässä edessäni torilla on nainen. Hänellä on päässään huivi ja yllään värikäs mekko. Hetkinen... Miksi ihmeessä hänellä on luuta kädessä? Nainen kääntyy. ”Hui kamala!” huudan ja läimäytän käden suulleni. Naisella on hirmuisen pitkä nenä, jonka päässä on syylä.

Nainen tuijottaa minua myrkynvihreillä silmillään. Noita! Hän hymyilee hyytävästi, asettaa luudan jalkojensa alle ja... lähtee lentoon.

Kävelen torilla luutani kanssa. Minulla on mukanani myös omenakori. Siinä on pelkästään vihreitä omenoita, sillä pidän vihreästä. Pysähdyn, koska tunnen selässäni tuijotuksen.

Käännyn ympäri. Näen nuoren, järkyttyneen naisen, joka tuijottaa nenääni. Ihmiset! Virnistän naiselle ja käyn luutani päälle. Hän katsoo minua kummastellen, sitten järkyttyneenä kun lähden lentoon.

Sylvi:

Hän kävelee minua vastaan kadulla. Tosi kummallista. Hänen päässään on uimalakki ja yllään uimapuku. Uimalakki on yläosasta pinkki. Välissä on valkoinen raita ja alaosa on violetti. Uimapuku on samaa settiä; mahan kohdalla kulkee valkoinen viiva, jonka yläpuolella on pinkkiä, alapuolella liilaa.

Hänestä ei voisi ulkonäön perusteella sanoa, onko hän tyttö vai poika, mutta uimapuku on naisten. Kasvoja ei juurikaan näy, niiden peittona on violetinpinkit uimalasit.

Iho on vaalea. Jalat ovat paljaat. Hän on menossa uimahallin suuntaan. Onkohan siellä uimakisat?

Voi itku! Miten saatoin unohtaa uimalasit autoon! Toivottavasti ehdin takaisin uimahallille. Hyppään viidentenä, joten luultavasti ehdin.

Juoksen jonkun tyypin ohitse. Hän tuijottaa minua, varmaan ihmettelee vaateparttani: Päässäni minulla on uimalakki. Sen huippu on pinkki ja alaosa liila. Lakin keskellä kulkee valkoinen, vino viiva, joka jakaa pinkin ja violetin alueen. Minulla on samantyylinen uimapuku. Päässäni on myös violetit uimalasit, jotka ehdin hakea autosta.

Vaikka uimalakki ei sitä paljasta, minulla on mustanruskeat, keskipitkät hiukset, jotka tällä hetkellä on kasattu lakin sisään. Ihoni on vaalea.

Minä-kertojaa ilkeät sanat satuttavat henkilökohtaisesti. Hän-kertoja voi kuvailla tapahtumaa ulkopuolelta.

Haastavaa, mutta samalla lohdullista on se, että kirjoittaja ei voi koskaan päättää, kuinka lukija hänen tekstinsä kokee. Lukukokemukseen ja sen herättämiin tunteisiin vaikuttavat aina lukijan oma elämä, hänen haaveensa ja pettymyksensä, arvonsa ja kokemuksensa. Niinkin yksinkertainen asia kuin kynttilän liekki voi herättää hyvin erilaisia tunteita.

Jenna:

Pieni kömmähdys, josta seuraa kokko.

Emilia:

Se on kirkas. Se on kaunis. Sitä voisi katsella montakin tuntia. Siihen haluaisi kurkottaa, sitä koskettaa. Mutta se on polttava. Siihen ei voi koskea. Se on vaarallinen, mutta kaunis.

Saana:

Se lämmittää talvella, syksyllä ja synkkinä päivinä. Se tekee ihmisen onnelliseksi. Se valaisee pimeitä ja valottomia päiviä. Vaikka et olisi sitä edes arvannut, se pystyy tekemään ihmeitä. Sitä tuijottaessa unohdat kuka olet, mistä tulet ja missä olet.

Saara:

Liekki kätkee sisäänsä niin paljon. Se on niin kaunis, mutta kun siihen koskee se polttaa. Vähän niin kuin minä. Kätken sisääni niin paljon, mutta en halua ihmisten tietävän, joten hätistän heidät pois. En minä toki polta ketään tai mitään, mutta en minä ihan avaa itseäni muille. Viihdyn omissa oloissani, mutta olen myös yksinäinen.

Iloa, onnea, pelkoa, surua. Kynttilän liekki on täynnä tunteita, ajatuksia ja arvoituksia.

Kaikkein vanhin kirjallisuuden laji on runous. Erään kokoontumiskerran keskityimmekin siihen. Kävimme läpi, kuinka erilaisia runot voivat keskenään olla. Laululyriikka vakuutti meidät sanojen voimasta.

Esimerkkinä riimirunosta luin oman vanhan tekstini.

Tässä on pöllö,
joka on töllö.
Se keikkuu vaarallisesti puussa
ja puhuu aina ruoka suussa.
Se ajaa kolmipyörällä
joskus melkein ilman käsiä.
Sellainen on kaistapää pöllö,
joka on aivan hirmuinen töllö.

Tämän pohjalta syntyi uusia runoja.

Saana:

Virta joessa lorisi.
Täysin puun vieressä, töllö puuta koristi.
Pöllö töllön ääressä horisi.

Pöllön puu oli Lappeenrannassa,
töllöstä tuli lentopalloa.
Pöllö alkoi töllöä talloa.

Pöllö lentopalloa vihasi,
pihakivelle istahti,
samalla palloa pompotti.

Ajatteli: Tämä on kivaa.
lensi kohti kotipihaa.

En enää ennakkoluuloa valtaan päästä,
enkä töllöä hengestään päästä.

Milla:

Yöretkellään
pöllö pysähtyi ikkunalle
katselemaan sisään.
Se näki töllön, haki sen
ja kohta se jo istuikin
töllö suussaan omassa puussaan.

Erityisesti haiku-runoja oli haastavaa, mutta myös hauskaa kirjoittaa. Haikuhan on perinteinen japanilainen kolmerivinen runo, jossa rivien tavumäärät ovat 5 – 7 – 5.

Milla:

kulkukissojen
näkymättömät turkit
mustat yömirrit

Sylvi:

elämä on kuin
makaronilaatikko
keskiviikkoisin

Kirjoittajaklubin tehtäviin kuului oman hahmon luominen. Annoin kirjoittajille 21 kysymystä, joihin vastaamalla hahmo alkoi muotoutua.

Jenna:

Leppis Kerttunen
ikä: 136,2 vuotta
asuu: Suomessa, ison kiven juurella
salaisuus: käyttää kynsilakkaa
inhokkiruoka: hernekeitto
omituinen tapa: syö lasagnea klo 01.30 yöllä

Aamulla Leppis heräsi ja joogasi puoli päivää. Hän söi pizzaa ja ui kultakalan kanssa. Sen jälkeen hän nukahti.

Emilia:

Vilppu Törmä
ikä: 18 vuotta
naapuri: vanha Hirvosen herra, kiltti ja höperö
haave: matkustelu
toiveammatti: kampaaja
nolo tapahtuma: pussannut vahingossa serkkuaan

Mä tiesin, ettei mun ois pitänyt tehä näin. Ettei mun ois pitäny olla siinä nyt. Mä olin vain väärässä paikassa väärään aikaan ja väärien tyyppien kanssa. Siel oli mun lisäksi Henkka, mun veli, ja sen rikkaat jengikaverit Sandra, Jasmin, Joel, Joonatan ja Niilo.

Ne oli suunnitellu sitä jo kauan, varmaan jo monta viikkoa. Mä vaan satuin paikalle. "Henkka, oikeesti, lähdetään kotiin", sanoin tiukasti mun veljelleni. "Mulla alkaa kohta lentopallotreenit". "Sä voit lähtee, mut mä en voi. Nää paviaanit tarvii mua." "Hei!" Jasmin huudahti, mutta jätti asian siihen. Huokaisin. "Okei. Mut jos sä joudut nuorisovankilaan, niin mä en oo vastuussa."

Oona:

Brooke Callenia
ikä: 17 vuotta
lempiherkku: vesimeloni
erikoistaito: maalaaminen
omituinen tapa: aterimien puhaltaminen ennen syömistä
salaisuus: on ihastunut serkkuunsa Corbyniin

Auringon valo. Se sokaisi silmäni kun avasin ne. Herätyskelloni ääni kaikui korvissani ennen kuin löin sammutusnapin pohjaan. Huokaisin. Lauantai, kaupunkipäivä. Nousin istumaan sänkyni laidalle, ja irrotin puhelimeni laturista. Nappasin valmiiksi varatut vaatteeni työtuolini selkänojalta, ja tallustin zombikävelyä kylpyhuoneeseeni.

Kylpyhuoneeseen päästyäni kastelin kasvoni kylmällä vedellä ja kuivasin ne sekä käteni viereiseen harmaaseen pyyhkeeseen. Otin hammasharjani lavuaarin päällä olevasta kupista ja laitoin hieman kookoksen makuista hammastahnaa. Harjasin hampaani huolellisesti, jonka jälkeen sylkäisin tahnan lavuaariin. Puhdistin suuni vedellä, jonka jälkeen pesin hammasharjan.

Tein heleän meikin ja suihkutin vielä lopuksi hieman setting sprayta. Harjasin laineikkaat hiukseni hologrammin värisellä hiusharjallani ja sidoin ne ylös sotkuiselle nutturalle. Puin päälleni siniset, revityt farkut ja vaaleanvioletin kropatun hupparin.

Kävelin keittiöön ja laitoin kaksi paahtoleipää leivänpaahtimeen. Samalla kun odotin sydänkohtausta, otin jääkaapista voin, kalkkunaleikkeen ja juuston. Otin lasin jääkaapin viereisestä yläkaapista ja laskin siihen jääkylmää vettä hanasta.

Vieressäni oleva leivänpaahdin toi kaksi paahtoleipääni taas saatavilleni, ja nappasin ne nopeasti ja laitoin lautaselle, jonka olin kymmenen sekuntia sitten ottanut.

En näköjään saanut sydänkohtausta tällä kertaa.

Sivelin puisella voiveitsellä voita kummankin leivän päälle ja laitoin kalkkunasiivut ja juuston. Sen jälkeen vein kaikki jääkaapista otetut asiat takaisin. Vein lautaseni vesilasin luo ruokapöydälle ja vedin puisen tuolin sen alta. Istahdin tuolille ja aloin syödä.

Saana:

Rokki Kivimäki

ikä: 8,5 kivivuotta

suosikkisukulainen: iso kivi

pelottava asia: ihminen

lempiherkku: kirjoituspaperi

harrastus: metsässä piileskely

Rokki aloittaa päivänsä poikkeuksetta aina klo 8.30 eikä minuuttiakaan yli tai ali. Se asuu pienessä metsikössä, joka on monen pienen koululaisen matkan varrella. Niinpä se popsii lasten koepaperit sekä kaikenlaisia vihkoja, kirjoja ja monisteita.

Rokki ei ole kovinkaan iso kivi, joten se liikkuu lasten jalkojen mukana paikasta toiseen. Kotiin se pääsee samalla tavalla.

Rokki asuu vanhan pihlajan alla, josta se saa aamupalalla juotavaksi aamukasteen. Yöt se nukkuu voikukan lehdellä. Talvensa Rokki viettää hiekoituslaatikossa.

Milla:

Sara Keikari

ikä: 13 vuotta

erikoistaito: osaa kuvailla asioita hyvin sokeudesta huolimatta

kamalin asia, jonka on tehnyt: karkasi kotoa

nolo tapahtuma: meni poikien pukuhuoneeseen

toiveammatti: kirjailija

Pelaamme sokeille ja näkövammaisille tarkoitettua peliä,

maalipalloa. Mestaruusareenalla on hiljaista, sillä meidän on kuultava pallossa olevan kulkusen kilinä pelin aikana. Tämä kierros ratkaisee. Jos teen joukkueellemme nyt maalin, voitamme Suomen mestaruuden. Hengitän syvään ja odotan tuomarin vihellystä. Aika tuntuu hidastuvan jännityksen hetkellä.

Tartun palloon jo hieman hikisillä käsilläni. Se tuntuu samalta kuin ennenkin. Tämä tilanne vain on uusi minulle. Mietin kavereitani, tukijoitani, perhettäni, jotka ovat jaksaneet ainaista jankutustani siitä, kuinka inhoan olla sokea. Joskus siitä on minulle enemmän hyötyä kuin haittaa. Välillä taas inhoan sokeuttani sydämeni pohjasta. Nyt kun mietin, ymmärrän että en olisi minä ilman sokeuttani. En olisi pelaamassa nyt tätä peliä. Eikä olisi yksikään näistä pelaajista.

Samassa tuomari viheltää ja havahdun ajatuksistani, jonne yleensä jään vain miettimään. Hahmottelen, missä kaikki ovat. Maali on edessäni, kuten myös vastapuolen pelaajat. Otan pari askelta ja heitän pallon maalin suuntaan. Kulkusen helähdys, ääni kun pelaajat yrittävät yhteisvoimin torjua pallon, ärähdys ja yleisön hurraus.

Teinkö sen?

Sitten joukkuetoverit syöksyvät luokseni ja he sekä minä saamme tietää, että kyllä. Tein sen! Me teimme sen. Meidän käsiimme annetaan iso pokaali, jota tunnustelemme ilosta itkien. Olemme treenanneet monta vuotta ja vihdoin se toteutui. Vaikka en näe pokaalia, tiedän että se on siinä. Tiedän sen yhtä hyvin, kuin jos näkisin sen. Vihdoin.

Saara:

Benjamin Xen

ikä: 15 vuotta

asuu: Manchesterissa, jossain rikkaiden alueella

lempivaatteet: valkoiset, revityt farkut ja pastellinpinkki croptop-huppari

suosikkisukulainen: veli (ainoa, joka uskoo häneen)

omituinen tapa: ei kaveeraa poikien kanssa

Yht'äkkiä ympärille tunkeutuu ärsyttävä herätysääni. Se tunkeutuu korvien sisään, eikä sitä pysty hätistelemään pois. Raotan silmiäni ja edessäni ei seisokaan enää Niko vaan veljeni Sebastian. "Benjamin! Herää nyt jo! Ei luoja, sammuta toi vehje", Seb huutaa ja viittoo puhelimeni suuntaan. Alan tajuta, että makaan omassa huoneessani aamulla klo 6.30 enkä olekaan Nikon kanssa katselemassa auringonlaskua ylhäällä vuorilla. Raastan peiton päältäni ja hyppään ulos sängystä. Sammutan herätyksen ja kaadun takaisin sänkyyn. "Ei Benjamin! Nyt ylös, meillä on tänään koulua!" Seb huutaa. Nousen vastahakoisesti ylös uudestaan. "Mä vihaan maanantaita", mumisen. Vedän shortsini jalasta ja menen suihkuun.

Sylvi:

Neziri

ikä: 7 vuotta

suosikkisukulainen: isä

pelottava asia: metsästäjät

erikoistaito: kova laukkaamaan

salaisuus: siivet

Aamupäivän lempeä auringonpaiste vaihtui paahtavaksi kuumuudeksi, joka sai laakson suulla olevan ilman väreilemään. Neziri, Wella, Silas ja Nenero olivat kiivenneet laaksoa reunustavalle harjanteelle. Siellä oli eräs mainio paikka, jossa saattoi harjoitella lentämistä. Varsat loikkivat ilmaan korkealta kielekkeeltä ja muksahtelivat sinne tänne. Ilma oli painostavaa, taivaalle alkoi kerääntyä tummia pilviä.

Meri:

Rue Mason

ikä: 15 vuotta

lemmikit: kissa ja kilpikonna

harrastus: tanssi ja voimistelu

asukokonaisuus: hupparit ja villapaidat, löysät housut ja farkut

Rue oli kävelemässä kohti elokuvateatteria. "Rue!" joku huusi. Rue katsoi ympärilleen. Käsi laskeutui hänen olkapäälleen ja hän kääntyi sitä kohti. Hänen edessään seisoi pitkä poika, jolla oli musta, lainehtiva tukka ja tummat silmät.

Ruella meni hetken aikaa tunnistaa kuka tämä poika oli. Sitten hän henkäisi: "Conor!" Poika hymyili iloisesti. "Mitä sinä täällä teet?" Rue kysyi. "Muistathan, että muutimme isän työn takia pois?" Conor kysyi ja Rue nyökkäsi. "No nyt muutimme isän työn takia takaisin." Rue katsoi toiveikkaana Conoria ja kysyi: "Jäättekö pysyvästi?" Conor kohautti olkiaan. "Toivottavasti."

He olivat hetken hiljaa hymyillen toisilleen. "Hei, olin juuri menossa elokuviin. Haluaisitko tulla mukaan?" Rue kysyi. "Se olisi mukavaa", Conor vastasi, ja he lähtivät elokuviin.

Siinä oli kahdeksan mielenkiintoista hahmoa. Toivottavasti saamme lukea heiän seikkailuistaan vielä lisää.

Kirjoittaessa tulee joskus vastaan tilanteita, jolloin mielikuvitusta ei voi käyttää. Mielipidekirjoitukset tulee perustella faktoilla. Hyvä mielipidekirjoitus on tiivis ja selkeä. Juuri sellaisia kirjoittajani tekivät.

Kirjoitukset on julkaistu myös Etelä-Saimaassa 3.6.2019.

Saara:

SEKSUAALIVÄHEMMISTÖJEN OIKEUKSIEN PUOLESTA

Me ihmiset olemme kaikki samalla viivalla, olit sitten homo, lesbo, bi, pan, a-seksuaalinen, trans tai mikä tahansa muu. Vuosien varrella oikeuksia on onneksi tullut lisää, ja nykyään esimerkiksi miehet saavat kihlautua tai mennä naimisiin miesten kanssa ja sama naisilla. Kuitenkin seksuaalivähemmistöjä silti pidetään alempiarvoisina monissa maissa.

Mielestäni asian täytyy muuttua, koska olemme kaikki

ihmisiä ja samanarvoisia. Seksuaalivähemmistöihin kuuluvilla täytyisi olla turvallinen olo ja turvallista elää. Heillä täytyisi olla tunne, että he voivat turvallisesti kertoa itsestään. Voisimmeko millään auttaa seksuaalivähemmistöjä?

Oona:

ILMASTONMUUTOKSELLE PITÄÄ TEHDÄ JOTAIN

Kaikki sanovat, että ilmastonmuutos pitää pysäyttää, mutta tehdäänkö niin kuin sanotaan? Uusia polttomoottorisia autoja valmistuu joka sekunti, vaikka ne pitäisi kieltää. Muovin käyttö ja sen jättäminen luontoon lähtee käsistä.

Oletko koskaan kuullut muovilautasta, joka liikkuu jossain maailman merillä? Se koostuu kokonaan meidän mereen heittämistämme roskista. Muovi pilaa meret ja meri on kaiken lähtöpiste.

Jenna:

HYVÄ RUOKA, PAREMPI MIELI

Olen paremman kouluruoan puolesta, sillä kouluruoan laatu on huonontunut viimeisen parin vuoden aikana.

Hyvä ruoka auttaisi oppilaita keskittymään ja sitä syötäisiin enemmän. Ei tulisi niin paljon hävikkiä ja oppilaat jaksaisivat paremmin, kuten myös opettajat. Koulun ruokalassa voisi myös olla erikseen biojäte- ja sekajäteastiat, ettei ruoan tähteitä heitettäisi sekajätteisiin.

Emilia:

ELÄINTEN ASIALLA

Sanotaan, että koira on ihmisen paras ystävä. Kohtelumme koiria kohtaan ei kuitenkaan vaikuta siltä. Eihän omia kavereita jätetä ja unohdeta. Heitä ei lyödä eikä potkita. Ei anneta heidän nähdä nälkää. Näitä kuitenkin tehdään koirille ja monille muille eläimille.

Suomessakin jätetään monia kissoja heitteille luontoon kesän jälkeen. Ikinä ei pitäisi ottaa lemmikkiä, jos ei ole varma jaksaako sitä hoitaa. Kesän alussa otetaan suloinen kissanpentu, joka alkusyksyllä jätetään oman onnensa nojaan, kun se ei enää olekaan maailman söpöin olento.

Eläimistä pitäisi huolehtia samoin kuin ihmisistä. Niille pitäisi antaa hyvä ja turvallinen elinympäristö.

Saana:

VOIT KÄYTTÄÄ MUOVIA

Minusta on tärkeää suojella luontoa ja pitää se puhtaana. Kuitenkin se menee minusta yli. Siitä tehdään ohjelmia ja mielipidekirjoituksia, mutta mitä lopulta tehdään asian eteen?

Yritetään ahtaa viikon muovit purkkiin ja videoidaan se. Kuitenkin viikon jälkeen palataan arkeen niin kuin muutkin ihmiset. Kiinnitetään huomiota vain muovin käyttämiseen, mutta silti lennetään ja ajetaan autolla, joka todennäköisesti kuluttaa luontoa yhtä paljon kuin muovi. Myös ruoan poisheittäminen kuluttaa luontoa. Tutkimusten mukaan se kuluttaa luontoa paljon enemmän kuin muovin käyttäminen.

Mitä asialle sitten pitäisi tehdä? Minun mielestäni asiaa helpottaisi, jos se unohdettaisiin edes pariksi päiväksi ja aloitettaisiin ikään kuin puhtaalta pöydältä. Sillä välin voisi vaikka keskittyä muihin murheisiin, tai vaikka unohtaa stressin kokonaan. Esimerkiksi kauhean moni ei enää mieti eläinten oikeuksia. Ratkaisuni on siis se, että muovista ei tehtäisi niin isoa numeroa, sillä maailmassa on paljon muitakin tärkeitä asioita.

Rohkeita ja hienoja tekstejä. Ilmestyessään ne herättivät mielipiteitä myös Etelä-Saimaan lukijoissa.

Nuoret kirjoittajat loivat kevään aikana paljon upeita tekstejä. Projekti, joka kesti tammikuusta toukokuuhun, oli yhteinen jatkokertomuksemme.

KESÄLOMA

Pilvi:

Kello on jo viittä vaille. Juoksen ruuhkassa takki auki. Miksi, miksi juuri tänään olen myöhässä? Pujottelen ihmisten välistä. Laukkuni tippuu olkapäältä käsivarrelle ja osuu vastaan tulevaan naiseen. Huikkaan anteeksipyynnön pysähtymättä ja syöksyn kulman taakse. Olen melkein perillä.

Liikennevalot vilkkuvat vihreänä. Minun on pakko ehtiä! Keltainen. Ei, ei! Ja punainen. Pysähdyn huohottaen ja katson kelloa. Se on tasan.

Sylvi:

Kun valot sitten lopulta muuttuvat vihreiksi, ryntään Asematielle. Onnekseni junakin on myöhässä. Ehdin juuri ja juuri kyytiin. Juna nytkähtää liikkeelle. Katselen ohi vilistäviä maisemia. Viimeinkin kesälomani alkaa!

Saara:

Kun saavun Edinburghiin kuulen siskoni huutavan minua. "Eric! Eric missä sinä olet?" hän huutaa. "Täällähän minä. Sara, täällä!" huudan takaisin ja lähden kävelemään väenpaljoudessa hänen suuntaansa. Kun löydämme toisemme, halaan häntä ja sanon: "Onpa mukava olla takaisin kotona."

Meri:

Menemme Saran autolla kotiin ja ostamme matkan varrella pitsaa. "Äiti ja isä lähtivät jonnekin työmatkalle viikoksi. He sanoivat, että huomenna alkaa joku remontti, joten voimme vaikka mennä jollekin kaverille siksi aikaa" Sara kertoo. "Anna kun arvaan. Haluat mennä Samuelin ja Lauran luokse?" hymyilen ivallisesti. Sara on ollut ihastunut Samueliin jo yli kaksi vuotta. Laura on Samuelin nuorempi sisko, joka on minun ikäiseni. Heillä on myös vanhempi sisko, Isabelle, mutta hän sai töitä New Yorkista ja muutti sinne asumaan. "Mitä siitä, jos haluankin juuri heidän luokseen? Sitä paitsi minä tiedän, että sinä tykkäät Laurasta" Sara irvistää minulle ja tiedän olevani ihan punainen. Pakkaamme tavaramme täydessä hiljaisuudessa ja lähdemme Samuelille ja Lauralle.

Oona:

Sara pysäköi auton tien varteen ja napsautan turvavyöni auki. Nousemme kumpikin autosta ja puramme vähäiset tavaramme takakontista. Vedän matkalaukkuani perässäni pihatietä pitkin kohti punatiilistä omakotitaloa, Sara muutaman askeleen päässä takanani. Päästessämme ulko-ovelle Sara painaa sormellaan ovikelloa. Hetken päästä kuulemme askelia ja ovi avautuu paljastaen Lauran iloisesti yllättyneet kasvot. "Hei Laura!" hymyilen ujosti.

Saana:

"Hei!" huikkaa Laura. Tunnen punan taas leviävän kasvoilleni. Huomaan Samuelin ja Saran menneen jo peremmälle. Myöhemmin syömme pitsaa ja juomme cokista. Lauran ja Samuelin vanhemmat ovat lähteneet matkalle Roomaan. Päätämme yhteisesti julistaa hauskanpidon julistuksen ja olla Samuelilla ja Lauralla kaksi yötä. Ilta jatkuu kivasti, kunnes tapahtuu jotain dramaattista...

Jenna:

Samuel ja Laura huomaavat, että pitsa loppuu kesken! Ja tietysti minun ja Saran pitää lähteä hakemaan lisää pitsaa, sillä olemme vielä nälkäisiä. Käymme Saran kanssa samalla myös kaupassa. Ja vaikka on jo pimeää, se ei haittaa, sillä on loma. Ostamme kaupasta lisää juotavaa ja vähän karkkia, jos sattuisimme katsomaan elokuvan myöhemmin.

Milla:

Emme löydä hyvää elokuvaa, eikä Samuelin ja Lauran kotona ole mitään tekemistä. Kello on kohta kahdeksan, emmekä jaksa istua sohvalla koko iltaa herkkuja popsien. Päätämme lähteä läheiseen kauppakeskukseen aikaa tappamaan. Iltahan on vasta nuori, niin kuin Laura sanoo. Kyllä se minulle sopii. Kesälomalla kannattaakin valvoa.

Niinpä lähdemme ulos pimeään yöilmaan.

Emilia:

Kauppakeskuksessa ei ole paljon ihmisiä. Ehkä muut ihmiset ovat kotonaan löhöilemässä ja nauttimassa lomasta. Kai meidänkin pitäisi, kello on kuitenkin jo jonkin verran. Päätämme kuitenkin seikkailla kauppakeskuksen mainoksia täynnä olevilla käytävillä.

Pysähdymme Lauran takia yhteen vaatekauppaan. Hän kuulemma tarvitsee uuden paidan syksylle. Minä ja Samuel seikkailemme tiemme perällä olevalle miestenosastolle, kun Laura ja Sara jäävät naistenosastolle ihmettelemään paitoja ja farkkuja. Samuel sanoo tarvitsevansa housut. Minä en mitään tarvitse, en paitaa enkä housuja, mutta ajattelen Samuelin tarvitsevan makutuomaria.

Saana:

Edessämme on paljon erilaisia vaatekappaleita. Oikeastaan minä näen vain kangaspaloja. En ole ikinä ymmärtänyt, että mikä niissä kiehtoo.

Oona:

Kohotan katseeni vaatteista, kun Samuel viittoilee kädellään minua tulemaan hänen luokseen. Kävelen vaaterekkien seasta Samuelin luokse ja seuraan häntä sovituskopeille.

Saara:

Kävelemme kaupan perällä oleville sovituskopeille, mutta pääsemme oikeastaan vain puoliväliin matkaa kun huomaan sen. Maailman hienoimman paidan! Ja se on halpakin. Paita on todella hienon näköinen.

Meri:

Paita on vaaleansininen ja siihen on painettu kuva Friends-sarjan hahmoista. Etsin kokoni paitojen seasta ja kiirehdin Samuelin perään, joka on jatkanut matkaa sovituskopeille. Menen ainoaan vapaaseen sovituskoppiin. Sovitan paitaa nopeasti, jotta kerkeisin näkemään Samuelin valitsemat housut. Paita sopii täydellisesti ja päätän ostaa sen. Vaihdan oman paitani päälle ja menen Samuelin kopin eteen odottelemaan.

Milla:

Vaatteiden sovituksen ja ostopäätöksen jälkeen menemme herkkukauppaan. Minä ostan ihanan uutuusmakusuklaan. Illemmalla pääsen herkuttelemaan. Tai ehkä annan sen Lauralle. Hän pitäisi siitä. Silloin Samuelin puhelin kilahtaa ja hän saa viestin Saralta. He ihmettelevät, missä oikein olemme.

Emilia:

Samuel kirjoittaa Saralle nopeasti, että olemme herkkukaupassa valitsemassa naposteltavaa. Sara tekstaa heidän tulevan Lauran kanssa luoksemme pian. Kohta kuulenkin jo Lauran huudahtavan selkäni takana: "Pöö!" Säikähdän häntä hiukan, sillä en ollut kuullut kenenkään tulevan. Tunnen pienen, kumman punan kohoavan kasvoilleni, joten lasken katseeni Laurasta takaisin irtokarkkihyllyn suureen karkkivalikoimaan. "Hei", sanon Lauralle tutkien samalla karkkeja.

Milla:

Kun lopultakin lähdemme kohti Samuelin ja Lauran kotia,

kello on jo puoli kymmenen. Olemme innostuneet kiertelemään auki olevissa kaupoissa ja pitäneet hauskaa kaupungilla, joten aika on mennyt nopeasti. Laura tulee iltapalapöytään meidän muiden kanssa. Hän on puhunut ystävänsä kanssa puoli tuntia puhelimessa. Hieman ärsyttää, kun minäkin olen täällä ja hän puhui ystävänsä kanssa. Oikeastaan meillä kellään ei ole edes nälkä. Samalla muistan suklaan, joka minun piti antaa Lauralle.

Emilia:

"Hei Laura", sanon ja hän nostaa katseensa minuun. "Mitä?" Laura kysyy. "Minulla on sinulle jotain", sanon hymyillen välittämättä Saran irvistyksestä ja Samuelin hämmästyneestä ilmeestä. "Minä annan sen tuolla", lausahdan ja nousen seisomaan.

Kävelen sinne, minne jätin suklaan. Otan sen käteeni ja ojennan sen Lauralle hieman ujosti hymyillen. "Oi kiitos." Laura kiittää yllättyneenä, mutta selvästi iloisena. Hän avaa rasian hymyillen ja ottaa yhden konvehdin. "Nam..." Laura makustelee ja ojentaa minullekin konvehdin. Otan sen iloiten vastaan ja pistän suuhuni.

Pilvi:

Suklaa on todella hyvää. Onneksi valitsin juuri tämän maun. Yht'äkkiä Laura hakee kenkämme eteisestä ja suuntaa kohti takaovea. "Tule", hän kuiskaa. Seuraan hölmistyneenä. Laitamme kengät jalkaan ja Laura avaa oven pimeään. Hän kulkee eteenpäin määrätietoisin askelin ja minä kompastelen perässä. Olen kaatua, mutta Laura pelastaa minut tarttumalla käteeni. Hän johdattaa minut pihan toisella puolella olevan suuren kiven taakse.

Istumme alas ja Laura kertoo, että tämä on hänen salainen paikkansa. Hänellä on ollut tapana tulla tänne esimerkiksi silloin, jos hän on riidellyt sisarustensa kanssa. En voi mitään sille, että naurahdan. Selitän Lauralle, että minäkin tiedän jotain sisarusten välisistä riidoista. Nauramme yhdessä ja alamme vuorotellen kertoa hassuja lapsuusmuistoja.

Vaikka on pimeää, on silti lämmintä. On myös... ihanaa. Laura ojentaa konvehtirasiaa minulle. "Ollaan täällä niin kauan kuin suklaata riittää." Katson häntä silmiin ja hymyilen. Nappaan konvehdin suuhuni ja varon, etten vahingossakaan puraise sitä.

Tällainen oli Kirjoittajaklubin kevät. Mukaan mahtui paljon kirjoittamista, paljon jutustelua, paljon naurua sekä vähän suklaata ja salmiakkia. Kiitos herkuista Päivi! Ehdimme tehdä monenlaisia juttuja, mutta vielä jäi kirjoitettavaakin.

Haaveilen siitä, että saisin julkaista omia kirjoja ja voisin kutsua itseäni oikeasti kirjailijaksi.

Olisi kiva kirjoittaa oma kirja, joka perustuu kokemuksiin, joista itse tykkään lukijana.

Haaveilen, että voisin olla kirjailija, joka voisi tehdä lastenkirjoja ja romaaneja.

Haluan tulla Wattpadissa tunnetuksi kirjoittajaksi, ja saada sen kautta kustannussopimuksen.

Haluan kirjoittaa keskeneräiset kirjani loppuun ja saada ne julkaistua kustantamon kautta tai omakustanteena.

Mä haluun kirjoittaa kirjan, joka käsittelee jonkun mun keksimän hahmon elämää tosi syvällisesti. Kertoo vaikeuksista elämässä ja ahdistuneisuudesta ja asioista linkitettyinä muhun. Jollain tavalla joku liikuttava ja ajatuksia herättävä kirja.

Haluan kirjoittaa fantasiaromaanin ja (ehkä) joitain pikkukertomuksia. Olisi ihan kiva jos olisi sitten kirjan vuoksi kuuluisa, mutta ei mikään hirmuisen kuuluisa.

Haaveilen joskus kirjoittavani sarjan kilpikonna-aiheisia kirjoja.

Onnea matkaan ihanat! Ja oikein paljon porkkanaseep-rayksisarvisia teille kaikille.

Kiitos inspiraatiosta seuraaville kirjoille ja niiden kirjoittajille:

Hänninen Jera, Hänninen Jyri: Haluatko todella kirjailijaksi? : matkaopas kirjamaailmaan
(Helsinki-kirjat 2012)

King Stephen: Kirjoittamisesta: muistelma leipätyöstä
(Tammi 2000)

Pehkonen Kirsi: Käsikirjoituksesta kirjaksi – miten kirjailijat muokkaavat tekstiään
(Reuna 2018)

Puikkonen Arja, Puikkonen Emma: Käsikirja mielikuvituksen matkaajalle: kirjoittamisen seikkailuopas
(Kirjapaja 2015)

Salmi Ronja, Toiviainen Mikko: 12 tarinaa kirjoittamisesta

(WSOY 2017)

Tuominen Taija: Minusta tulee kirjailija

(Kansanvalistusseura 2013)